MURAKAMI T HARUKI MURAKAMI

村上T

僕の愛したTシャツたち

我愛的那些T恤

村上春樹

不知不覺中收集到的東西

我對收集東西並沒有那麼大的興趣，但卻總在不知不覺中，不小心就收集了各種東西，這大概也是我人生的其中一種寫照吧。多到聽不完的密紋唱片、今後應該再也不會重讀的書、雜亂無章的雜誌剪報、短到放不進削鉛筆機的鉛筆等等，總之，許多東西就這麼在我身邊不斷地默默增生。就像「一不小心救了烏龜一命的浦島太郎」，明知道這麼做一點意義也沒有，還是受到某種情緒驅使，無意識間在手邊堆了成山的東西。變短的鉛筆就算收集了幾百枝，也派不上任何用場。

T恤也是這類「自然而然就堆了一大堆」的東西之一，有些因為價格便宜，一看到款式有趣就忍不住買下，有些是各種活動的紀念贈品，有些是參加馬拉松的完賽紀念T恤，有些是旅行時買來當換洗衣物的當地紀念T恤……這啊哪啊的不知不覺中數量大增，抽屜已經放不下，還得塞進瓦楞紙箱高高堆起來。我並不是先下定了決心「好！從今往後我要開始收集T恤」，然後才開始動手蒐集的。

但是像我這樣活到一定歲數後，竟也累積出足夠寫一本書的份量，實在可怕。大家常說「持續就是力量」，這話確實一點也沒錯。我甚至覺得，自己其實僅僅靠著這種持續力而生。

《Casa BRUTUS》雜誌音樂特輯曾經來採訪我的唱片收

7

不知不覺中收集到的東西

T
1

集，當時我順口提到：「其實我的T恤也堪稱一種收集了。」當時編輯向我提議：「村上先生，那我們用這個主題來開個連載如何？」就這樣，我在《POPEYE》這本雜誌上開始了為期一年半左右，以T恤為主題的連載。最後集結成各位現在看到的這本書。這些T恤中並沒有什麼特別貴重的珍品，也不怎麼講究藝術性，單純是把我個人喜歡的舊T恤攤平拍照，然後寫一篇相關的短文，如此而已。我並不認為這種書可以幫助人解決什麼問題（更別說對於解決當今日本面臨的各種問題，那更是完全沒有半點幫助），不過生活在二十世紀後半到二十一世紀前半的一介小說家，在日常生活中身穿這種簡易服裝、過著還算快意的生活，作為提供給後世的一種風俗資料，這些紀錄或許有其意義。也可能一點意義都沒有。不過對我來說其實都無所謂，假如這小小收藏能讓大家覺得有點意思，那也就足夠了。

這些收集中我最寶貝的是哪一件？我想應該是「"TONY" TAKITANI」（東尼瀧谷）這件T恤。我在毛依島（Maui）一個鄉下小鎮的二手店發現了這件T恤，記得應該是用一美元左右的價錢買下的。之後我不禁開始想：「東尼瀧谷究竟是一個什麼樣的人？」我擅自發揮想像力，寫了一篇以他為主角的短篇小說，後來還改編成電影。只花了區區一美元啊！在我人生中的種種投資，這無疑是最划算的一樁。

前言　不知不覺中收集到的東西　005
夏日衝浪　014
漢堡與番茄醬　022
威士忌　031
保持冷靜，讀點村上　038
唱片行樂趣多　046

動物雖可愛，也很難駕馭 055
各種莫名其妙 062
史普林斯汀和布萊恩 071
福斯汽車挺有兩下子 078
忍不住想著冰啤酒 086
要不要來點書？ 095
街上的三明治人 102
蜥蜴與烏龜 110

大學T 119
飛上天空 126
超級英雄 134
熊類 142
啤酒類 151
那些不知不覺收集到的T恤，
以及還沒來得及介紹的T恤們。 158

夏日衝浪

很久很久以前……應該是一九八〇年代的事了，說來難為情，我曾經玩過幾年衝浪。住在藤澤市的鵠沼時，鄰居中有個衝浪迷（那一帶這種人還不少），在他的邀約下，我也走進衝浪世界。在鵠沼海岸我用的是長板，去夏威夷時會租用 Dick Brewer 的短板，每天在喜來登海邊平穩地、無憂無慮地乘風破浪。我通常會早上去海邊，中午回房間弄點冷麵吃。大概有一個月左右的時間幾乎沒工作就這樣無所事事，想想這種生活還

Coca-Cola

真愜意。那年夏天，收音機裡經常播放保羅．麥卡尼和麥可．傑克森的〈Say Say Say〉。

幾年之後，我曾經在考艾島（Kauai）北岸找房子，當時帶我看了許多物件的是個身材挺豐滿的大叔，名叫 Richard Brewer。我對他說：「你跟那位知名衝浪板的削板師同名呢。」（Dick 正是 Richard 的暱稱）結果他有些難為情地向我坦白：「不瞞您說，其實我就是 Dick Brewer。」

什麼？為什麼鼎鼎大名的 Dick Brewer 竟然在考艾島的偏僻地方當房仲？一問之下他說話聲音更小了：「老實說，我也不想做這份工作，但我老婆說都這把年紀了，還一天到晚只知道衝浪，太沒出息了，要我以後老老實實做好房仲工作，所以我也是百般不情願。」

17

夏日衝浪

T
3

SUSHI BLUES
eat it raw!
KAUAI

真令人同情。他說遇到天氣晴朗、浪況又好的日子，還是會耐不住心頭的悸動，根本無心帶人看屋。這種時候他會偷偷一個人到海邊去看看海浪。可以理解。這種心情我非常懂，同時，我也很懂他怕老婆的心情。還記得我們兩人喝著啤酒，彼此安慰了一番。他真是個很好的人，雖然最後我並沒有在那裡買房子。

在網路上查了之後才知道，Dick他「在六〇年代是知名的大浪騎手，曾經在威美亞灣（Waimea Bay）和落日海灘（Sunset Beach）跟當時頂尖的衝浪高手並肩踏浪。」原來如此，我想他的青春時期一定過得精采又愉快吧。不知道他現在過得如何？

照片中的三件T恤都跟衝浪有關。紅色是夾腳拖的夏天、可口可樂的夏天，真不錯。白色T恤上排列的是六〇年代衝浪

T
5

音樂的唱片封面。看了真令人懷念。「SUSHI BLUES」是以前考艾島北岸哈納雷伊（Hanalei）這個地方一間很特別的壽司店，可以一邊聽現場藍調演奏、一邊吃壽司。這間店現在不知道還在不在？以前的哈納雷伊是個超級慵懶、也超級美好的小鎮。躺在海邊單單看著海浪和雲，一整天也看不膩。夕陽總是那麼華麗燦爛。拿著烏克麗麗的人們聚集在沙灘上，一起唱歌一起看夕陽。現在不知還有沒有這幅光景？

格雷格・諾爾（Greg Noll）是知名的長板削板師。我很喜歡這件T恤的設計，經常穿它。

漢堡與番茄醬

去美國旅行時，過海關、出機場，進市區安頓好後，就會先冒出「總之，得先找個地方吃漢堡」的念頭。你呢？至少我會先有這個衝動。那就像一種極理所當然的自然本能，從某些層面來看，也像是某種外在儀式。都無所謂。總之，我會去吃漢堡。

最理想的是大約在下午一點半左右，走進午餐客人終於散去的漢堡店，一個人坐在吧檯點一份酷爾斯（Coors Light）的

I PUT
KETCHUP
ON MY
KETCHUP

MADE IN U.S.A.
Mc ILHENNY CO.
AVERY ISLAND
LA
ABASC
BRAND
PEPPER SAUCE

T
7

生啤和起士漢堡。肉要煎到五分熟，除了麵包跟起士，還要有洋蔥、番茄、生菜、酸黃瓜。附餐是剛起鍋的炸薯條。身為心靈之友，當然還要點個高麗沙拉。另外還有重要的伴侶，第戎芥末醬和亨氏番茄醬（Heinz）。

平靜下來喝一口冰得透涼的酷爾斯啤酒，聽著周圍人群的嘈雜，還有杯盤碰撞的聲音，慢慢深深吸飽異國空氣，等待那盤起士漢堡送到面前。在這一連串的過程中，我才終於實際感覺到：「啊，對了，我又來到美國了⋯⋯。」

光是閉上眼睛，在腦中想像這樣的情景，口中是不是立刻充滿了健康的唾液呢？

最近日本也多了不少能吃到正統漢堡的店家，這件事本身當然可喜可賀，不過在美國街角隨興又理所當然吃到的漢堡，早已超越美味與否的問題，帶有另外一番滋味啊。

第一張照片中的T恤訊息如同字面上的意思，「我就愛在番茄醬上再加番茄醬」。可見得有多喜歡番茄醬。這句話雖然是在取笑（部分）不管吃什麼東西，總之先加番茄醬再說的美國人，但有趣的是，製作這件T恤對外發放的，正是番茄醬製造商亨式。這當然也算是一種自嘲眼，不過我也從其中強烈感受到「去你的優雅教養！老子愛怎麼活就怎麼活！」這種積極又不帶反省的開朗美國精神。

穿這件T恤走在街上，經常會遇到美國人跟我搭話。「這件T恤真不錯」。而會這樣打招呼的通常看上去就是深愛番茄醬的忠實粉絲，也大多是代謝症候群的病友。我偶爾也會想反駁：「別把我拉進同一國！」可是多半都還是開心地回話：

T
8

T
9

「就是啊，很不錯吧，哈哈哈。」這種T恤交流對於促進城市活化，也起了一點棉薄作用。而這種情況在歐洲是不可能發生的，畢竟歐洲人幾乎不用番茄醬。

說到漢堡，最基本的材料應該就屬番茄醬、塔巴斯科辣醬還有酸黃瓜，不過這件Brooklyn PICKLE，是賣酸黃瓜的店家出的T恤嗎？地點不知為什麼寫在雪拉古斯（Syracuse）。其他細節我就不清楚了。

JAMESON
IRISH WHISKEY
LAPHROAIG
Underberg
STRONGBOW
GUINNESS
PRESIDENT
HIGHLAND QUEEN
Dimple
BOWMORE
CAOL ILA
Red Label
LAGAVULIN

威士忌

你喜歡喝威士忌嗎？說老實話，我相當喜歡。雖然不至於每天、經常性地喝，但是遇到適合的情境，總愛開心倒上一杯。

特別是夜深人靜，一個人靜靜聆聽音樂時，最適合的酒類就屬威士忌了。啤酒太淡，紅酒過於高尚，馬丁尼又嫌做作，白蘭地則有些太過淡定……這麼一來，還是只有拿出威士忌酒瓶一途。

我的生活作息向來早睡早起，偶爾也會有睡得晚的夜晚，

T
11
back

T
11
front

這種時候多半都與威士忌酒杯為伴。拿一張聽慣的老唱片，放上唱機轉盤。再怎麼說還是爵士最好。比起CD，以前的黑膠唱片更有氣氛。

這時我喜歡的威士忌喝法當然是一比一兌水的「Twice Up」。如果酒吧裡有看起來很美味的冰塊，也會加冰，不過在家一般都會兌水喝「Twice Up」。做法很簡單，威士忌倒進玻璃杯（較正式的做法是用高腳玻璃杯），加進等量的常溫水。把杯子轉一圈，讓水酒交融——大功告成。十分簡單。

我去蘇格蘭艾雷島（Isle of Islay）時，當地人教我「這就是威士忌最好的喝法」，在那之後我多半都維持這種喝法。雖然不想自以為是地賣弄，但是這種喝法確實最能保留威士忌原有的風味。特別是艾雷島當地的水有種特別的香氣，跟艾雷島單

T
12

一麥芽非常搭。同樣的威士忌，跟在日本兌礦泉水喝，味道好像還是略有不同。這大概就是所謂人力難以左右的「土地的力量」吧。

不用我說相信大家也知道，威士忌愈上等、風味愈鮮明，就愈適合這種「Twice Up」的簡單喝法。畢竟誰會把二十五年的波摩拿去調 Highball 大口牛飲呢？當然啦，想要怎麼喝都是個人自由（我去神宮球場時也很愛點那裡的神宮 Highball）。

我還曾經去過艾雷島旁邊一個叫吉拉（Jura）的小島。這個島上同樣有個著名的單一麥芽蒸餾所，在那裡喝到的水也非常好喝，跟艾雷島又是不一樣的味道。用那裡的水兌出的吉拉威士忌帶有獨特的風味。當時我住在蒸餾所的小木屋，每天盡情暢飲威士忌，搭配當地的料理享用……光是過了幾天這種日子，就覺得人生能走到今天真是沒白費。

我家有很多威士忌公司製作的T恤，但是一早就穿著威士忌T恤走在大街上，還是有點不好意思……。說不定旁人看了會覺得我是個老酒鬼。所以很遺憾，這次照片上這幾件T恤，我都不太常穿。

保持冷靜，讀點村上

在日本不常有這種事，不過國外在出版書籍時，經常會製作些T恤、托特包、帽子等周邊來刺激銷售。各地出版社也會寄來給我：「我們做了這些周邊喔。」這類東西還累積了真不少。大概有滿滿九個瓦楞紙箱那麼多吧。

這當然無所謂啦，但是要我穿著這些T恤外出上街，實在辦不到。村上春樹本人怎麼可能穿上大大寫著「Haruki Murakami」的T恤走在大白天的青山通上？我也不方便背著這

KEEP
CALM
AND
READ
MURAKAMI

T
14

種托特包去中古唱片買東西。所以這些T恤或者販促品也只能塞在紙箱裡收著，長年安詳地沉睡在櫥櫃裡。出版社難得特地製作了衣服我卻一次也沒穿，不免有些可惜。或許經過一百年之後，這些東西會被視為「當時的珍貴資料」，受到謹慎對待吧。

「Keep calm」T恤是幾年前西班牙出版社做的。「保持冷靜，讀點村上」，真不錯。文案寫得真好。「Keep calm and carry on」（保持冷靜，繼續前進）原本是第二次大戰即將爆發時，英國資訊部為了穩定人心、防止恐慌爆發而印製的海報文字，最近不知為什麼又大受歡迎，獲得許多關注，可以看到各種不同應用。雷曼兄弟危機時，金融機構大量印製了這張海報（當然實際上幾乎沒有發揮效果）。

我的這件T恤也是眾多「應用」之一。上面的貓非常可愛，但要我自己穿實在太難為情了。但不管怎麼樣，在紛紛擾擾的世間，能靜心下來沉浸在閱讀中，確實是件挺不錯的事。還請各位繼續好好沉浸其中。

《舞舞舞》T恤是一九九〇年代初在美國出版時製作的，直接用了插畫家佐佐木真紀先生繪製的封面。對我來說這應該是第一件販促用的T恤。現在回頭看看，也已經成了令人懷念的紀念品。當然，這件我也從沒穿過。

《挪威的森林》T恤，這是英國出版社做的。他們覺得這本書在日本分上下卷出版「很酷」，所以二〇〇〇年特地推出了紅綠兩本（附書盒）的特別版本，還搭配這個版本製作了宣傳用的雙色T恤。我深信他們相當努力，當然也十分感謝，不

43

保持冷靜，讀點村上

T
15
16

過同樣地，我本人實在不好意思穿上身。應該說就算不是本人，假如兩個人一起穿這種情侶裝實在太招搖，叫人不知所措。

最後是TOKYO FM為了宣傳我擔任DJ的節目而製作的T恤。上面用了藤本勝的出色圖稿，遺憾的是藤本先生已經因病英年早逝。他是一位擁有獨特畫風、相當有天分的畫家，實在很可惜。對了……我偶爾會主持廣播節目，有空歡迎聽聽看（宣傳）。

村上RADIO
この番組は、村上春樹史上初、
自らがディレクターとなりテーマに合わせて選曲し、語ります！
©フジモトマサル
TOKYO FM
JFN
DNP

T
17

唱片行樂趣多

我實在太喜歡唱片這種東西，自懂事以來，一拿到零用錢就幾乎都拿去買唱片。如果有想要的唱片，寧可不吃午餐省下錢去買。過了半個多世紀，直到今天我依然一樣熱衷於大買唱片。在中古唱片行啪啪啪地翻找唱片，打發一個小時左右的時間，是我至高無上的快樂。仔細欣賞買回來的唱片、聞聞味道，光是這樣就覺得幸福無比。

過去我去過全世界許多地方的唱片行。我的收藏以爵士唱片為主，沒看到特別的爵士樂唱片，也會去古典或搖滾區翻翻，所

GLENN GOULD
THE COMPLETE BACH COLLECTION
VINYL
JUNKIE

以唱片量漸漸增加。雖然有點困擾，但反正我已經愛唱片成癮（中毒），就像是一種病，也拿自己沒辦法。再說，跟其他疾病或成癮症狀相比，其實這也不會帶來什麼損害啊……（藉口）。

走遍世界各地，以中古唱片的數量來說，哪個都市最吸引人？最棒的還是紐約。這裡不僅店家數量多，唱片種類也豐富。價格基本上算穩定（不過貴的地方依然貴得驚人）。第二名是斯德哥爾摩。北歐——特別是瑞典——有很多死忠爵士樂迷，聽說當地也有愛聽唱片的習慣，所以經常能挖到很有趣的寶。我曾經在斯德哥爾摩住了一星期左右，期間一直到處在找唱片，一點也不覺得膩。同一間店我連續去了三天（那間店唱片種類相當豐富，要全部仔細看完得花整整三天），店主都記住我了，還主動問：「想不想看點更特別的？」我一回答：「想！」他

49

唱片行樂趣多

T
19

T
20

就領我去看後面小房間的祕密唱片架。那是不給一般客人看的架子，當然擺了許多稀奇真品。真是一次極樂體驗。

第三名是哥本哈根。雖然規模遜於斯德哥爾摩，但這裡有很多特別有意思的中古唱片行。要找那些店得往郊外走，所以我還去借了自行車。第四是波士頓。我曾經在這裡住過三年左右，對這一帶的中古唱片行很熟悉。我會安排好順序，以每星期剛好逛一輪的頻率去光顧大約十二間唱片店。開車去這些地方時，因為位處都會區，往往很難找到停車場。我老是因為太專心在找唱片、找到忘記時間，被開違規罰單，經常開二十美元支票寄給波士頓市警察。

巴黎、倫敦、柏林、羅馬這些地方的中古唱片行往往無法讓我如此亢奮。我一樣會在這些城市到處找，但幾乎沒能找到

T
21

什麼好貨色。到底是為什麼呢？

前不久我去了墨爾本。之前我曾經在雪梨住過一個月，也找過中古唱片行，但沒什麼特別收穫，有些失望。所以去墨爾本之前我幾乎不抱期待，不過以中古唱片行來說，墨爾本倒還挺讓人興奮的。大學附近可以看到好幾間有趣的舊書店或唱片行，光是在這裡隨處閒逛就很愉快。當地還有中古唱片行體貼印製了唱片店地圖，墨爾本市區電車搭乘方法很簡單，循圖到處找這些店相當開心。非常建議唱片迷朋友一訪。這裡的紅酒也很好喝。

另外出乎我意料的是火奴魯魯，這裡的專業中古店雖少，但有時在「Goodwill」這種大型二手店竟然能找到令人驚艷的稀奇珍品。而且一張才一美元，比方說像……算了，真要說下去就沒完沒了，還是留待下次吧。

PLANET RECORDS
Harvard Square

動物雖可愛，也很難駕馭

一般來說，穿上有動物圖案的T恤，女性朋友看了有很高的機率會說：「哇～好可愛！」當然這件事本身一點問題也沒有，但有時我會感到有點不自在，彷彿自己是為了被女孩子說「哇～好可愛！」才穿這種衣服似地。這樣看來，動物圖案的衣服其實很難駕馭。至於大阪大嬸們愛穿的豹紋，那又是另一個層次了……。所以說實話，這些動物圖案T恤我很少穿上身。

WHAT DOES
THE
FOX SAY?
YLVIS

不過這樣單獨一件一件拿出來看，還是覺得很可愛。

龐克頭「勝利狗」Nipper的T恤是麻薩諸塞州的劍橋一間小中古唱片行「PLANET」推出的原創T恤。這間店就在哈佛大學正門口附近。我記得店裡賣了許多特別的T恤，但是他們的本業唱片方面我倒沒有什麼收穫。那附近有間叫「Tamarind Bay」的時髦印度餐廳，遠比這間唱片行有吸引力多了……在這裡說這些，當然也沒什麼意義。

以前我在美國的電影院看《衝鋒飛車隊》時，前面坐著一個留龐克頭的人擋住了我的視線。我對龐克頭沒什麼偏見，可是在電影院裡看到這種頭實在很惱人。

這件狐狸T恤是在火奴魯魯的二手店買的，我本來不太清楚它背後的故事。後來查了之後才知道，〈狐狸怎麼叫〉

（What Does the Fox Say?）這首歌曾經在二〇一三年紅遍全球。我也在YouTube上聽了，真是首有點胡鬧的歌，所以這件T恤我也幾乎沒穿過。

好奇猴喬治的T恤我已經不太記得是在哪裡買的。應該是因為圖案可愛忍不住就順手買下吧，但我實在沒有勇氣穿著這件T恤走在青山通上。我也想過要在某個巴哈馬的海邊，混在人群中偷偷穿上，不過遲遲抽不出時間遠赴巴哈馬……。

最後這件是已故插畫家安西水丸先生送我的T恤。上面用片假名寫著「樹懶」。如果沒有這幾個字，可能認不出這掛在樹枝上的生物到底是什麼吧。水丸先生經常運用這種手法。他畫的肖像畫通常跟本人不太像，所以旁邊還得寫上「宮本武藏」或者「林肯」等名字。可是一旦旁邊加上名字，就會覺得

59

動物雖可愛，也很難駕馭

T
24

T
25

「喔喔，這確實是宮本武藏」、「沒錯沒錯，這就是林肯」，真是不可思議。想想，水丸先生也確實是位擁有特殊天分的人。

無論如何，總之這就是「樹懶」。穿上這件T恤，毫無疑問一定能收到女孩們的「哇～好可愛！」你問我穿過沒？還沒有。

各種莫名其妙

艾雷那．賽伯特（Elena Seibert）是位幾乎專拍作家肖像的女攝影師，每次去紐約，我經常為了拍照造訪她在西村附近的工作室（應該說是被出版社逼著去的）。不愧是專拍「作者近照」的攝影師，她很有兩把刷子。算算我跟她也已經有了二十多年的交情。

去拍照時我都會帶上幾款不同衣服，但不管什麼時候，她最愛的都是素面T恤。她認為拍人像時，沒有其他服裝能勝過

DM
ND
Diamond

素面T恤。她總是說：「你看看亨利．卡蒂爾．布列松（Henri Cartier-Bresson）拍楚門．卡波提（Truman Garcia Capote）穿T恤的樣子，多帥！」嗯，照片確實很帥……。

我當然喜歡素面T恤，日常生活中也最常穿，但除此之外，我第二常穿的應該是這類上面只有字母的T恤。上面印的最好不是在特殊脈絡下有意義的句子，而是些會讓人忍不住偏頭思索：「到底是什麼意思？」只胡亂印上文字的東西。這種T恤不像有圖案的款式容易看膩，訊息性也較少，看上去清爽俐落，跟其他衣服也好搭配。所以一發現這類T恤，就會忍不住掃貨。

不過這上面的「DMND」，究竟是什麼意思呢？

我在Google上查了，可能是一間叫「Digital Marketing

T
27

AC
CEL
E
E
RATE

Nanodegree」的公司簡稱；或者是「Diamond Youth」這個搖滾樂團的簡稱；也可能是「Damend」（受詛咒的人）的簡稱。沒有任何說明，對真相一無所知的我，穿上大大寫著「DMND」的T恤走在街上。偶爾也會覺得「這樣好嗎？」「不會出事嗎？」但目前為止還沒有被人痛罵或者突然被揍，我想應該沒有太大危險吧。

「ENCOUNTER」這件我也不太懂。當然我知道單字的意義是指「邂逅」、「遭遇」，可是究竟為什麼製作這件T恤，我一點都不懂。Google的結果，好像有個日本搖滾樂團叫這個名字（原來世界上有這麼多搖滾樂團啊！），另外在道玄坂也有間這個名字的義大利餐廳，但兩者都不太像。不過我挺喜歡這件的設計，經常穿它。希望這不是什麼交友網站的T恤。

T
29

「ACCELERATE」是搖滾樂團（又是搖滾樂團）R.E.M.製作的宣傳用T恤，這件倒是可以安心穿出門。

「SQUAD」也是個謎。單字的意義是「分隊」，但到底是什麼的分隊呢？每次穿上它時，都祈禱著千萬別招來橫禍。如果各位知道其中哪一件T恤的意義，還請告訴我（這些都是在美國二手衣店買的）。

SPRINGSTEEN
ON BROADWAY
WALTER KERR THEATRE · NEW YORK CITY

史普林斯汀和布萊恩

大概三十五年前吧，我穿著「傑夫・貝克（Jeff Beck）日本巡迴」的T恤，走進紐奧良一間飯店電梯裡，同乘的美國大叔向我攀談。是個又高又胖的美國人。

「我兒子，傑夫・貝克。」他這麼說道。

「抱歉，您說什麼？」我又問了一次。一時之間我不太懂他想表達什麼。

「我說，我是約翰・貝克，我兒子是傑夫・貝克。我都叫他傑夫。」

「但你說的不是那個吉他手吧？」

「嗯，不是。剛好同名同姓而已。」

突然跟我說這些叫我怎麼反應？根本不知道該怎麼繼續發展這個對話。你兒子還好嗎？這樣問也很奇怪吧（畢竟我不認識對方）。所以這趟電梯之後的時間，我們兩個都一直保持沉默。

去演唱會時我經常買T恤。演唱會很開心，又能留做紀念……。但其實我好像不太常穿這些T恤，就只是買個紀念。

「SpringsteenonBroadway」這件T恤是二〇一八年十月買的，說到布魯斯．史普林斯汀（Bruce Springsteen），通常只能在類似武道館或東京巨蛋這些地方聽到他的演唱會，不過我竟然

T
31

是在觀眾席不到千人的紐約百老匯「華特．柯爾劇場（Walter Kerr Theatre）」聽到，當時相當熱門，場場爆滿。但我還是透過了一些關係弄到票，去看了演唱會。實在非常精采。畢竟短短六、七公尺前，幾乎可以聽到布魯斯．史普林斯汀的肉聲演唱。當時的門票要價一個人八百五十美金，不過想想這可能是一輩子僅有一次的機會，我就咬牙買了下去。當然也買了T恤。

史普林斯汀跟我同齡，他體態結實，看起來很有活力，聲音也寶刀未老。我也得好好加油才是。

海灘男孩（The Beach Boys）T恤也是幾年前在火奴魯魯看演唱會時買的紀念T恤。說是「海灘男孩」，其實現在已經沒有布萊恩兄弟，實質上等於麥可．洛夫（Mike Love）和布

75

史普林斯汀和布萊恩

T

32

R.E.M.

魯斯．約翰斯頓（Bruce Johnston）的大叔樂團，儘管是「夏威夷」加上「海灘男孩」如此絕佳搭配，還是很沒能炒熱觀眾席。不過T恤的設計挺不錯，我還是買了。

相較之下布萊恩．威爾森（Brian Wilson）本尊的「SMiLE」巡演就熱鬧多了。雖說他聲音已經大不如前，假音部分也由其他人代唱，但聽眾還是大為感動：「喔喔！布萊恩就在我眼前唱『衝浪季節（Surf's Up）』！」演唱會會場可說盛況空前。果然在音樂的世界裡個人魅力還是非常重要。R.E.M.是附贈的，我滿喜歡這張專輯。

福斯汽車挺有兩下子

T恤上的圖案有很多種類，以類別來說，汽車相關的T恤要搭配得好其實意外地不容易，應該說，需要相當高階的技巧。

比方說，具有正常社交感覺的成熟大人，應該不會把法拉利或藍寶堅尼這些圖案的T恤穿上身。像昆汀．塔倫提諾（Quentin Tarantino）這種感覺有點異類的人另當別論，正常人穿著這種衣服，旁人只會覺得很「幼稚」。

Car Wash
1
2
3
4
WOB NB 205
New Beetle
Volkswagen

就算不走這種「超跑」路線，賓士、BMW、保時捷等等如果沒有經過特別設計，也等於散發出一種「特級鰻魚飯再加烤魚肝！」的小暴發戶氣質，只會落得讓人退避三舍的下場。我想還是別穿得好。

但如果是SUZUKI的「Hustler」或者TOYOTA的「PRIUS」會不會穿在身上？實在不想。至少我應該不會有這個興致。現實中我還沒看過這種T恤，也不敢百分之百斷言，但是應該不大可能。

交抱著雙臂細細思索好一陣子之後，我自然而然導出一個結論：「像福斯汽車（Volkswagen）這樣最剛好……。」福斯汽車莫名地可以擺在一個恰到好處的適當定位上。

比方說紅色這件「New Beetle」T恤，設計就相當凝練。

81

福斯汽車挺有兩下子

T
35

win
every week
ask me for
details.

穿著上街不會覺得難為情，也不會有在炫耀的感覺。Beetle這種金龜車當然是中產階級的象徵，但是並不給人窮酸的印象，也暗示著某種對生活型態的講究。

另外一件同樣是福斯汽車出的SUV「TOUAREG」T恤，這也只是簡單寫著文字——而且還是音標，我很喜歡這種隨意的感覺。車子本身跟保時捷「Cayenne」的底盤平台一樣，但完全不想（不會）讓人覺得特別高級，我也莫名欣賞這一點……總之，在T恤的設計上福斯汽車確實下了不少工夫。雖然不懂汽車業界未來的發展，但是希望他們在T恤業界今後也能繼續努力。我會默默為你們加油。

「smart」的圖案也不錯。這件也很適合日常穿，雖然我不太清楚上面寫著「八月份每週可抽中一輛車」是什麼意思。

T
37

接著看看英國車「Shelby Cobra」。這件的話，嗯，算是遊走在邊緣地帶吧。很難判斷會往哪一邊發展。如果隨便搭在COMME des GARÇONS的外套裡面，就還滿有型的……。

忍不住想著冰啤酒

成為專職小說家後不久，我開始慢跑。每天坐在桌前工作，難免會運動不足，「得做些運動才行！」起心動念之後嘗試在家附近慢跑，久而久之就迷上跑步，也很積極參加各種比賽。之後將近四十年，我每年至少會跑完一場全程馬拉松。

不只全馬，我也參加半馬或者十公里賽，跑過一百公里的超級馬拉松，偶爾也參加鐵人三項。當然，我收到的「完賽T恤」可說堆積如山，畢竟都是紀念品，全都收進瓦楞紙箱裡保

NEW YORK CITY
MARATHON
1998

'98 TRIATHLON ASIAN CUP
MURAKAMI
ITU INTERNATIONAL TRIATHLON
ASTC
NTT
TRIATHLON
JAPAN CUP

T
39

管，這些T恤平常不會穿，也挺占地方的……是吧？

我從成山的T恤中隨便挑了四件出來。

一九九八年紐約市馬拉松大賽（NYCM）。五位跑者手牽著手跑，象徵NYCM穿越了紐約市所有五區（5 Boro）。這個賽程也很有趣。只有正統派猶太教徒居住的區域、只有巴西裔住的區域、幾乎只有非裔的區域等等，這些平常很少機會看到的地方，都能藉此機會用自己的雙腳跑過。非常美好的一次體驗。紐約馬拉松的賽程可說是理解紐約這個巨大城市真正面貌的最好途徑，這是我個人淺見。

但是比賽本身對跑者來說相當吃力，因為途中得過好幾座橋。吊橋的中間較高，上上下下很耗體力。最後的中央公園也有很多坡道，總之跑完一趟會筋疲力盡。話雖如此，我目前的最佳紀錄也是在一九九一年的NYCM創下的。

一九九八年我還參加了村上鐵人三項。當時體力還真好。在國外穿這件T恤時，很多人會問我：「村上先生，你也辦了鐵人三項的比賽嗎？」當然沒這回事。這是在新潟縣村上市辦的鐵人三項大賽，我只是單純的參賽者，跟主辦單位也沒有任何親戚關係。我很喜歡這個比賽，過去參加了五六次。比賽結束之後，總是會用當地的名酒〆張鶴來乾杯。

二〇〇六年的波士頓馬拉松。波士頓是我最喜歡的全馬賽程。沿途風景很美，路人的加油聲也極其熱烈。很少有比賽能讓人如此深刻感受到「傳統」的份量。我喜歡在完賽之後，來到「里戈海鮮（Legal Seafood）」餐廳，吃著當地特產蚌蠣，搭配山繆．亞當斯（Samuel Adams）的生啤酒喝。賽程到最後，

91

忍不住想著冰啤酒

T
40

T
41

腦子裡往往只想著這件事，奮力跑完全程。就是忍不住會想到冰透的啤酒。

每年在夏威夷歐胡島舉辦的阿羅哈長途路跑（Great Aloha Run）是很受當地人歡迎的比賽。從阿羅哈塔到阿羅哈體育場總共要跑十三公里左右。而且二〇〇六年還有路易威登（LOUIS VUITTON）贊助，但這不表示我們能拿到路易威登的T恤，只不過是普通T恤上寫著「LOUIS VUITTON」而已。不過，「看！這可是路易威登呢！」如此一臉驕傲地穿著這件T恤走上街頭，不是挺開心的……嗎？

SHIZEN
GIRL FRIEND BOY FRIEND
ICHARD KERN
CASSO'S
CHEN
TOILE
PURPLE
PROPERTY OF
POWELL'S
BOOKS
EST. 1971
LITERATURE DEPT.

要不要來點書？

大家都說「閱讀之秋」，但是夏日午後在涼爽樹蔭下悠閒讀書，其實也很不錯。並不是只有秋天才適合讀書。其實愛讀書的人不管下雪蟬鳴，就算警察命令「不准讀」，也照樣會讀書（請參照《華氏451度》），不讀書的人就算條件齊備也不會讀，更別說季節這種無關緊要的事了……。

總之，我這次收集了些跟閱讀相關的T恤。我家有很多這類T恤，這裡只是其中一小部分。

T
43

第一張照片是美國奧勒岡州波特蘭知名的波威書店（Powell's Books）的T恤。我去過一次，不管從書店氣氛或是好品味的豐富藏書來說，都是一間很棒的獨立書店。店內隨興的裝潢就像走進一座大倉庫，在這邊我可以輕鬆打發一整天時間。要是家附近有這種書店就好了。

我在這裡挑了幾本看起來很有意思的書，抱去櫃檯要結帳，收銀的小姐問：「你該不會是村上吧？」我回答：「我確實是村上。」對方說：「真是太棒了。」當場拿出幾十本書要我簽名，還挺累的。當場成了即席簽名會。我記得這件T恤是當時他們為了致謝送給我的。當然我很樂意為書店貢獻一點力量。

但是話說回來，我過去在新宿的紀伊國屋也消磨了不少時間，可是不管在店裡或者在收銀台，從來沒被人叫住過。為什麼會這樣呢（我當然很慶幸有這種現象）？

再來這件是「ＡＨＳ文藝俱樂部」的Ｔ恤。這是我在二手衣店花兩塊錢美元買的，所以完全不了解這到底是基於什麼原因成立的讀書俱樂部（應該是吧？）。但上面寫著「我才不怕大野狼

T
44
back

99

要不要來點書？

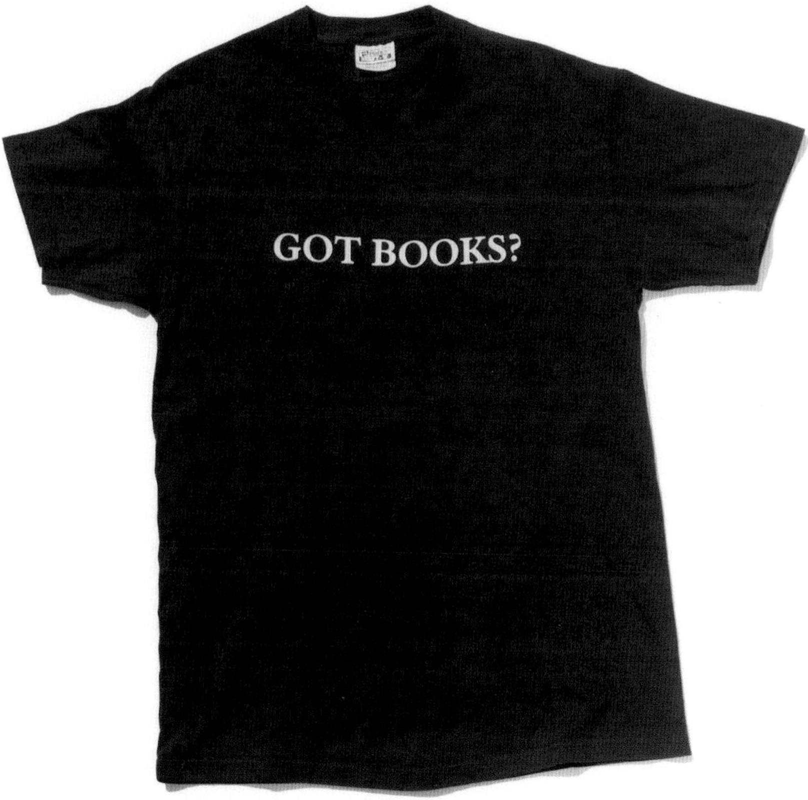

T
44
front

（Who's afraid of the Big Bad Wolf）」，有撲克牌軍隊、有三隻小豬、大野狼手上還拿著一朵花，看來很可能跟童書有關，這個特別的設計我很喜歡。這隻大野狼看起來好像也沒那麼壞。也有可能只是看起來如此，畢竟還是隻大野狼，我想還是謹慎為上。

另外這件是火奴魯魯圖書館「年度例行折扣書市」的T恤。美國很多圖書館每年會舉辦一次出售廢棄書籍的活動。這些書市不僅價格低，也能找到不少有趣的書，愛書人總是趨之若鶩。有機會我也很想去看看。這件大概是發放給協助銷售志工的T恤。

「Got Books?」要不要來點書？各位平時一定都過得很忙碌，但還請盡量找時間，多讀幾本書啊。讀者不買書，作家就難以維生。這也是在火奴魯魯的二手店買的。

最後這是西雅圖知名的獨立書店，「艾略特灣圖書公司

（The Elliott Bay Book Company）」的T恤。以前在這裡辦朗讀會時收到的禮物。那是間非常迷人的書店。

街上的三明治人

我小時候還有所謂「三明治人」這種職業，他們會在身體前後掛著大型看板，在大馬路上來來回回地走。說穿了就是一種行動廣告。一九五〇年代，當時電視還不普遍，當然也沒有社群媒體，全世界的媒體都還相當稀少。那時候還流行過一首歌詞是「我們是街頭的三明治人」這種歌。進入一九六〇年代後，電視逐漸普及，三明治人這種職業也在不知不覺中從社會上消失。真是可惜……。

Bring it.

T
47

現在的時代裡繼承了「三明治人」精神的，或許就是販促T恤吧。企業在T恤上印上自家公司的商標或訊息，發放給眾人。大家會穿著這些衣服走在街上。對企業來說，等於有人免費幫自己公司宣傳。T恤這種東西如果大量訂製成本相當低廉，以廣告費來說應該很容易就能回本。

因此現在大街小巷到處都可以看到「免費三明治人」。

第一張照片中的灰色T恤，是美國體育節目頻道ESPN的宣傳T恤。上面有橄欖球、棒球、足球、籃球等，各種最熱門的運動圖案。非常好懂，是很出色的設計。其中我最喜歡棒球。養樂多燕子隊加油啊……這是題外話了。

紅色T恤是英國經濟雜誌《經濟學人》的T恤。雜誌名稱的商標下寫著「Think responsibly」（負起責任思考）。非常英式風格，確實是很有格調的訊息。但我也不免覺得，不過區區一件T恤，犯不著這麼嚴肅吧。

咖啡色的是Google的T恤。上面排列了幾種不同的圖示，下面寫著「Google Analytics」。我對這方面不是很懂（說到中古唱片行的話我就懂得不少了），Google Analytics好像是Google服務裡一種分析的工具。在網上查了一下，上面說明這可以「運用預測分析運算法、嵌入的統計分析功能及Adobe Sensei的機器學習……」看了我還是一頭霧水。雖然不懂，T恤還是照穿。T恤是無辜的。

接著這件是OLYMPUS。這件一樣是在美國的二手店用二美元左右買到的，背後印著該公司錄音筆的詳細圖面。穿這種還保有舊時風格的「製造業」T恤，事情就單純多了，或許我

T
48

T
49

輩中人穿著也能莫名放鬆。

我輩中人——當然也包含我在內都經常在扮演「街頭的三明治人」。你呢？

蜥蜴與烏龜

我個人並沒有特別喜歡蜥蜴，但前一陣整理了抽屜裡的T恤，也不知為什麼，挖出不少有蜥蜴圖案的T恤，姑且整理在這裡。因為還差一張照片，所以順手拿了一張烏龜的，但這純粹是順便，我可無意主張「烏龜跟蜥蜴是同類」。

說是蜥蜴，其實這邊的三隻種類都不一樣。第一張照片是加拉巴哥群島的陸鬣蜥，另一隻是夏威夷的壁虎。雖然英文叫Gecko但是跟月光（Gekkō）假面並沒有關係……不過大家應

Galápagos

該沒聽過月光假面吧。算了，沒關係。另一隻，這個算什麼種類呢？我也不太清楚。我本來就不是很懂蜥蜴。

去墨爾本的動物園時我曾經摸過大蜥蜴。當時保育員建議我：「不用害怕，牠不會咬人，請摸摸看吧。」雖然沒什麼興趣，但是既然對方這麼親切地邀請，也不好拒絕，就摸了摸牠的頭。就像摸貓的頭一樣。那是一種身上長著鱗片、澳洲特有的罕見蜥蜴，皮膚粗糙硬乾，觸感很奇妙。

對喜歡蜥蜴的人來說一定是個喜出望外的珍貴體驗吧，但我並沒有特別感興趣，心裡只覺得「一樣要摸還不如摸貓比較好」，不情不願地摸著蜥蜴的頭。蜥蜴也是一副「算了，也沒辦法」的無奈樣，乖乖地被摸。

我去過一次加拉巴哥群島，不管到哪裡到處都會看到陸鬣

113

蜥蜴與烏龜

T
52

蜥，一開始還很感動：「哇！是陸鬣蜥！」後來漸漸變成：「怎麼又是陸鬣蜥啊……」假如我們身邊到處都能看到熊貓，一定也會覺得「怎麼又是熊貓？」吧。

加拉巴哥群島有種會潛入海中吃海藻的稀奇陸鬣蜥，牠們可以潛水一個小時不呼吸。聽說這是因為牠們能降低體溫、暫停血液流動。陸鬣蜥是草食性動物，但是牠們居住的島上並沒有植物生長，所以才進化出這種能力。達爾文研究這種「海陸鬣蜥」，作為他《進化論》的其中一個例證，

證實牠們可以潛入海中長達一小時的也是達爾文。達爾文每隔十分鐘將陸鬣蜥浸入水中，一直進行到七十分鐘牠們才死掉，所以他確信「喔！牠們可以潛水六十分鐘」。但是想想那些被浸入水中七十分鐘的陸鬣蜥，也太可憐了。科學實在是一

T
53

種很冷酷無情的東西。

因此我在加拉巴哥群島機場的紀念品店買了陸鬣蜥T恤，用來哀悼那些被達爾文浸在水中七十分鐘死去的陸鬣蜥。

Princeton University
East Asian Studies
Japanese Program
プリンストン大学

大學 T

最近經常聽到「反社會組織」這個詞彙，不知道是從什麼時候、誰開始用的？如果有流氓跋扈地說：「我是混幫派的。」聽了會令人害怕，但對方如果說：「我是反社會組織的一員。」好像叫人有點難進入狀況，可能只會覺得：「喔，這樣啊。」發明這個用語，想要的該不會就是這種效果吧？

還有，「反社會組織」的相反詞是什麼呢？我想了很久，想不到什麼適合的詞語。大概是「親社會組織」吧。不過肯定社會型態的人假如形成一種固定的組織，可能也有點問題。還不如流氓來得……當然也不能這樣說。

不過都無所謂，這次我要介紹的是印有大學名稱的T恤。

第一張是普林斯頓大學日文系製作的T恤。我曾經在普林斯頓大學客座兩年半，當時校方給了我一件：「村上先生，這件送給您！」老實說我沒什麼機會穿。我覺得設計並不差，但這類T恤得鼓起點勁才能穿上街。不過它依然是很重要的紀念品。

接著是耶魯大學二〇一六年畢業典禮的紀念T恤。這一年我受邀參加畢業典禮，還獲贈榮譽博士的頭銜。聽起來很厲害吧？但是拿到榮譽博士之後也沒有什麼特別的好處。沒有獎金拿，也沒什麼特別管用的優待福利，只會拿到一紙薄薄的證

121
大學 T

T
55

anvil
HARVARD
FORJAPAN
A cross-Harvard alliance for the 2011 Tōhoku Earthquake and Tsunami Relief

T
56

書。

不過通常授予榮譽博士頭銜的對象不只一個人，所以藉這個機會我可以認識很多有意思的人。在耶魯大學時，我身邊坐的是「帕尼斯之家（Chez Panisse）」餐廳主人，一位傳奇廚師愛麗絲．華特斯（Alice Waters），聽了許多有趣的故事。在普林斯頓獲頒榮譽博士時，身邊是昆西．瓊斯（Quincy Jones），畢業典禮進行中我們一直在聊爵士樂。他還向我炫耀道：「我製作過松田聖子的專輯呢。」我想他應該有其他更值得驕傲的事吧。

再來這件是哈佛大學在東日本大地震時製作的賑災T恤。下面的字很小，或許看不太清楚，寫的是「A cross-Harvard alliance for the 2011 Tohoku Earthquake and Tsunami

Relief」，意思大概是「賑濟東日本大地震哈佛全校聯盟」。美國的大學素來很關心社會議題，也會迅速自發動員組織這類運動，希望日本的大學也能多多效法。我當然很樂見這種「親社會組織」的存在。

再來這件是冰島大學的T恤。參加雷克雅維克的文學活動時，我曾經在這所大學演講。冰島總人口大約三十五萬人左右，聽說其中有一萬人是這所大學的學生，以人口比例來說實在高得驚人。冰島是個很有趣的國家，還能看到極光，有機會真希望能再訪。

HÁSKÓLI ÍSLANDS
SIGILLUM UNIVERSITATIS ISLANDIAE
REYKJAVÍK

飛上天空

我挺喜歡游泳。而且特別喜歡漫無盡頭的長泳。以前我參加過鐵人三項，經常練習用自由式以自己的步調游個一公里半左右。游泳也會進入類似「跑者快感」般「亢奮」的狀態，游很長時間後會覺得愈來愈愉快。有時還會想唱歌（我經常會唱〈黃色潛水艇〉（Yellow Submarine）。咕嚕咕嚕）。這種時候我覺得「游泳的愉悅應該僅次於在空中飛吧」。

但是每當我這麼告訴別人，對方多半會反問我：「村上先

生，你在空中飛過嗎？」沒有。如果真要這麼問，我沒有真的在天空飛過……。但是我隱約可以想像大概會是什麼感覺。要是鳥聽了可能會笑我吧。

這次挑選的是跟鳥有關的T恤特集。我並沒有特別收集鳥的T恤，不過不知不覺也收集了不少。

第一張照片是美國讀者送給我的「發條鳥T恤」，很帥吧。聽說是讀了《發條鳥年代記》後獲得靈感設計的。設計得真不錯。這應該可以直接商品化。這件我很喜歡，偶爾也會穿。

咖啡色這件（我猜）是鵜鶘。之前去加拉巴哥群島的時候，到處都可以看見鵜鶘走來走去，雖然這麼講很抱歉，但是我忍不住要想：「你們這樣在我眼前晃來晃去，跟我在代代木公園

129

飛上天空

T
59

T
60

看鴿子沒什麼兩樣啊。」

綠色的（我猜）是烏鴉。我過去吃了烏鴉不少苦頭。早上慢跑時經常被烏鴉攻擊，特別是穿越青山墓地的那條路，牠們經常會貼近地面低空飛行來威嚇人，或者用爪子抓我的頭。我不記得有什麼對不起烏鴉的地方，也不曾有過想對付牠們的念頭，為什麼牠們要這樣對待我呢？心裡不免有些憤慨，但烏鴉可能也有牠們的理由吧。或許是某位文藝評論家輪迴轉世，化身為兇殘的烏鴉……這當然是玩笑話。

最後的（我猜）應該是海鷗。我對鳥類所知不多，多半只能「猜測」，非常抱歉。住在希臘某個島上時，有一隻很親人的海鷗，雖然會跟人玩，但有時會突然啄我的手，還滿痛的。我想最好別跟海鷗玩，牠們個性很兇暴的。

T
61

「EAST DOCK BAR N GRILL」，不知道是間什麼樣的店？不知道這間店在哪裡？有機會希望能去看看。

超級英雄

最近有時候想去看電影，但是我家附近電影院放映的幾乎都是由漫威漫畫原作去改編的電影，我個人通常會覺得「怎麼又是這些」，不過既然這麼頻繁地系列化，想必需求應該很大。難道這個世界如此迫切期待超級英雄的出現？

我少年時期——當然已經是很久以前的事了——經常在電視上看「超人」和「蝙蝠俠」。尤其是「蝙蝠俠」，製作方式充滿趣味，畫面上還會出現類似「BAOOOOOM！」的擬音對

ASTRO BOY

話框，相當新潮，看著單純覺得有趣。不過最近的電影「蝙蝠俠」系列故事太過真實，感覺很灰暗。起初抱著「其實還挺新鮮的，也不壞啊」的心情看了，但漸漸覺得有點累，也不再有新鮮感，感覺實在夠了。

「原子小金剛」這件T恤是在哈佛大學合作社買的折扣品。為什麼「原子小金剛」T恤會成為哈佛大學合作社的折扣商品？詳細情形我也不清楚。但是這種空間的意外性打動了我，忍不住就買了。「原子小金剛」在美國以「ASTRO BOY」這個標題在電視上播放，非常受歡迎，跟日文版相同的「原子小金剛」主題曲改為英文配音（還挺酷的）。但是我個人不太想看到描寫「原子小金剛」陰暗面的真人版電影。說不定可能已經有這種電影，只是我不知道罷了……。

137

超級英雄

T
63

「超人」這個符號跟「蝙蝠俠」的符號一樣，已經成為人人皆知、一種具備通用意義的符號。因為太過通用，實際上很難找到適合穿出去的場合。

另一件我想應該是「鋼鐵人」，但是臉部變形得太過藝術，也很難說。T恤上的標籤寫著「MARVEL COMIC」，我想一定跟這方面有關，假如有人知道答案還請告訴我。不管怎麼說，以T恤的設計來說我覺得挺不錯。

最後是一件畫著來歷不明大叔的T恤。我是在一間漫畫周邊的商店買的，應該是某本漫畫裡出現的角色。不過再怎麼看都不像英雄，倒覺得是個反英雄。例如像《第七號情報員》中「諾博士（Dr. No）」那種人。假如有人知道這是誰，也請告訴我。

139

超級英雄

T

64

drunkamunky
IMMORTALISED IN PLASTIC

仔細想想，一個有眾多超級英雄電影，但現實中卻沒有超級英雄出現的世界，其實也不壞啊。整理著T恤的我不禁這麼想。

熊類

整理抽屜裡的T恤，發現有不少熊的圖案，這次就來介紹一下熊類吧。我沒有特別喜歡熊，只是碰巧手邊收集到了這些。

第一張照片裡的是知名「護林熊（Smokey the Bear）」的惡搞版。「護林熊」是一九四四年美國政府認定的防止森林火災推廣運動角色（類似美國版的「熊本熊」），標語為：「唯有你能阻止森林火災！（Only You can prevent wildfires.）」一九四四年也就是第二次世界大戰期間，當時日軍計畫使用氣

T
67

球炸彈在美國西海岸引發山林火災，聽說這也是催生護林熊誕生的原因之一。所以這本來是一隻承擔著善良社會責任的熊。

不過這件T恤上的護林熊看起來個性有點偏差。眼神兇惡、嘴裡還叼著點了火的火柴棒，是隻個性扭曲的反社會護林熊。但是不管怎麼樣，大家都得小心避免引發山林火災。我曾經在澳洲開車時遇到山林火災差點被困住，那次經驗還滿可怕的。日軍的氣球炸彈作戰最後並沒有成功，但最近出現了無人機這種東西，或許會成為更切實的威脅。我不禁操起這些無謂的心。

下一件是「范圖拉衝浪店（Ventura Surf Shop）」的T恤。之所以有熊的圖案，是因為熊是加州的象徵。我覺得熊跟加州其實不太搭，總之好像是這麼一回事。以前加州有很多熊嗎？熊本也有熊嗎？這間店的所在地范圖拉郡是鄰近聖塔芭芭拉（Santa Barbara）的高級住宅區，也是衝浪聖地。T恤上寫著「Life's better in Ventura」。我還沒有去過這個地方，看相關的介紹報導寫著，這裡終年溫暖少雨，有美麗的沙灘，聽起來是個很不錯的地方。但是我也不確定實際上去了這裡，人生會不會真的變得更好。

下一件是加州的衝浪店「Bear Surfboards」的T恤。不過這是出現在約翰．米利厄斯（John Milius）導演的衝浪電影《偉大的星期三（Big Wednesday）》裡的商店，（我猜）並非實際存在。但是衣服設計得很酷，也順勢商品化，有一段時期非常流行。我也是當時買了這件T恤。《偉大的星期三》這部電影相當有趣。

最後這件是衝浪品牌「Hurley」推出的T恤，上面印的迷

147
熊類

T
68

彩圖案是個謎樣動物，到底是什麼呢？又像貓、又像兔子，我實在分不出來，總之把它偷偷歸在熊類，在這裡亮個相。假如有誰知道它的真實身分，請務必告訴我。

LONE
STAR
BEER

啤酒類

我的T恤收集還有很多，但再這樣講下去會沒完沒了，我打算用本篇作結。最後當然要介紹跟啤酒有關的T恤。說到T恤就會想到夏天，而說到夏天當然就是啤酒了……對吧。不，其實也不一定是夏天，在燒著柴火的暖爐前，坐在搖椅上，一邊摸摸盤據腿上愛貓的頭，一邊小口啜飲冰啤酒，這也是人生至樂之一啊。

什麼？沒有暖爐，沒有搖椅，也沒有貓？那真是可惜啊。

T
70

不過仔細想想，這些東西我家裡一件也沒有。連貓也沒有。我只是試著想像了一下這種情境，覺得一定很美好。想像力真的很重要呢。

第一張照片是「孤星（LONE STAR）」，德州的啤酒。日本很少看到。孤高之星，LONE STAR是德州的象徵。問我有沒有喝過？沒有。不知道是什麼味道？

下一張是「海尼根（Heineken）」，這個名氣就大多了，可說是家喻戶曉的荷蘭啤酒。我去美國時經常喝這種啤酒。如果去到比較吵的酒吧，必須扯著嗓子大聲跟酒保點單，這種時候最容易發音的就是「海尼根」了。就算大叫「美樂（Miller）」或「山繆．亞當斯（Samuel Adams）」，根據我的經驗通常對方都聽不太清楚。說不定還會端出一杯萊姆可樂⋯⋯。

COTTON
100%
THE ORIGINAL QUALITY
HEINEKEN LAGER BEER
Heineken®
PREMIUM QUALITY
BREWED WITH NATURAL INGREDIENTS

T
71

GUINNESS EXTRA STOUT
BREWERS OF DISTINCTION SINCE 1759
REGISTERED TRADE MARKS
BOTTLED BY
GUINNESS
ARTHUR GUINNESS SON AND CO.
ST. JAMES'S GATE DUBLIN

T
72

接著這件也是知名的「健力士（Guinness）」，這是愛爾蘭的啤酒。各位曾經在產地愛爾蘭喝過健力士嗎？實在是好喝到極點。我去愛爾蘭旅行時，每到不同的地方就會走進酒吧點「健力士」喝。結果發現每間店的啤酒溫度、泡沫多寡等等，風味都略有不同。我覺得相當有趣，就在許多地方都點了「健力士」喝……寫著寫著，我又莫名地想喝「健力士」了。剛好附近有間愛爾蘭酒吧，那裡的燉什錦味道也是一絕——等等，我得先寫完這篇稿子才行。

最後這件是「蒼鷺淡愛爾（Blue Heron Pale Ale）」這是奧勒岡州波特蘭的啤酒。波特蘭是啤酒的黃金地區，很多店都能喝到非常美味的本地啤酒。波特蘭的威拉米特谷（Willamette Valley）生產優質的啤酒花，啤酒業很興盛。我去波特蘭時，也

T
73

喝了很多啤酒。蒼鷺又叫做灰鷺，是波特蘭的市鳥。不是「市長」，是「市鳥」。儘管波特蘭是個熱愛自然的城市，還是沒辦法讓鳥來當市長的。那麼我有沒有喝過這「蒼鷺淡愛爾」？不記得了。因為我在波特蘭時始終都是醉醺醺的。

那些不知不覺收集到的T恤，以及還沒來得及介紹的T恤們。

採訪者：野村訓市

——起初是什麼原因開始穿T恤的？

「開始穿T恤是很久以前了，不過在我十多歲那個年代還沒有穿T恤的文化。當時只有所謂汗衫，像內衣那種東西，沒有現在這種印了名稱或圖案的T恤。開始有這種T恤大概要到七〇年代之後了，我還記得當時流行的是UCLA還有常春藤大學的T恤，還有洋基隊等跟運動相關的T恤。這些我想從很久以前就有了。以前不是有個牌子叫VAN Jacket嗎？有一陣子印有他們商標的T恤很受歡迎呢。當時只有常春藤風格，當然我也穿過。七〇年代之後好像漸漸出現許多種T恤。當時已經有樂團的，像是暴龍樂團（T. Rex）的搖滾T，還有一些贈送的T恤，就是紀念贈品那一類。在我開始寫小說的一九七八、七九年左右，穿T恤已經很平常了。《Made in USA catalog》和《POPEYE》創刊時，T恤文化就很普及了，那大概是七〇年代中期了吧。」

——村上先生也看過《POPEYE》嗎？

「看過啊。我以前開過店，會買些雜誌回來放。雜誌如果有跟美國相關的特輯，那一集特別受客人歡迎呢。記得那幾本都很

T

74 右上　西雅圖老字號餐廳泰勒牡蠣農場（Taylor Shellfish Farms）。

75 左上　名古屋知名味噌豬排矢場豬排的店舖 T 恤。

76 右下　不愧是 Tide 的 T 恤，褪色的感覺很棒。

77 左下　車牌上寫著 VOTE，是選舉用的 T 恤嗎？

快就被翻得破破爛爛的。大概從那時期之後，我去搖滾演唱會一定會買Ｔ恤。」

——您都買哪些搖滾T？

「我不記得第一次買的搖滾Ｔ了。我記得我買過傑夫．貝克（Jeff Beck），但是那件已經不在手邊了。Ｔ恤是消耗品，會漸漸淘汰掉。早知道應該留下來的。爵士樂類的Ｔ恤很少，我手上沒有。」

——接下來我想一邊看這些T恤照片一邊請教您一些問題。這其中最舊的是哪一件呢？

「一九八三年第一次跑火奴魯魯馬拉松的Ｔ恤，這應該是現在手邊的T恤中最舊的一件吧。這也刊載在都築響一先生《捨不得丟的T恤》一書裡。」

——這樣啊。乍看之下這些T恤種類好像五花八門，但又隱約感覺似乎有某種基準在。

「我不太喜歡去店裡買時尚的T恤。反而比較喜歡贈品，或者在二手店裡買到的東西。所以我幾乎沒有什麼正經名牌的T恤。我喜歡去「Goodwill」店裡，東看看西看看消磨半天時間。說到底我就是太閒了（笑）。」

——會不會像買唱片時一樣，有什麼規則呢？

「挑選的基準那當然是設計，再來就是類別。如果T恤上有

唱片機或者唱片相關的圖案，通常都會買。因為喜歡這個類別（笑）。這邊也有幾件。再來我也喜歡啤酒、汽車、廣告T恤。像是ESPN、酷爾斯等等，另外我也很喜歡這邊這件Olympus。」

T
78 上　銳跑（Reebok）贊助的斯巴達障礙跑競賽紀念贈品。
79 下　忍不住買下來的唱片圖案 T 恤之一。

——企業T恤很不錯呢，設計也是。村上先生在美國大學教文學，既然在常春藤校任教，我擅自猜想您是不是有很多大學相關的T恤？

「我去很多大學時都會買那所學校的T恤，但是不太會穿。真的是那間學校的畢業生也就罷了，如果只是去拜訪過，上面寫著哈佛啦耶魯啦這些T恤，穿在身上太難為情了。但假如問我在日本穿不穿寫有早稻田的T恤，我也沒辦法（笑）。我會穿一些不那麼知名的大學、地方社區大學的T恤等等，可是穿上這種衣服走在路上，萬一遇到了同一所學校的畢業生，對方一定會上來搭話不是嗎！所以每次穿的時候都很緊張（笑）。」

——（笑）。這次主要請您介紹有圖案的T恤，但聽說您也喜歡素

T
80 CONVERSE ALL STAR。其中一件企業 T 恤。

面的T恤？

「我的T恤主要都是有圖案的，但是有一次在美國請專拍作家的攝影師艾雷那．賽伯特（Elena Seibert）拍肖像時穿了有圖案的去，她說不行，拍照時只能穿素面T恤。她還給我看了楚

T

81 上　費茲傑羅（Francis Scott Key Fitzgerald）的肖像。

82 下　紐約爵士樂俱樂部「BIRDLAND」的 60 週年紀念 T 恤。

門・卡波提（Truman Garcia Capote）穿灰色素面T恤的肖像照，說『這樣多帥！』確實是很帥啦（笑）。從那之後要拍照時我固定都穿素面T恤。」

——這麼說確實也沒錯。那麼對於素面T恤您有什麼特別講究的地方嗎？

「我喜歡領口的『鬆垮』恰到好處的素面T恤。不過這並不容易。像『Hanes』和『FRUIT OF THE LOOM』的『鬆垮』程度就不錯，但很難長久維持最好的狀態。素面T恤是消耗品，就算留下來也成不了什麼紀念。」

——也對。我想應該不少人房間裡都堆了很多捨不得穿的素面舊T

恤，其實這麼做也沒什麼意義。現在村上先生平時也會穿T恤嗎？

「夏天我只穿T恤，除此之外幾乎不穿別的。偶爾也穿夏威夷衫，不過大部分都是T恤加上短褲。其實我短褲的收藏也不少（笑）。」

——短褲！說不定以後會拜託您寫這個。

「工裝褲等各種不同長度的褲子我都有。穿T恤時會搭配不穿襪子套休閒鞋。最近覺得「SKECHERS」挺好穿的，經常穿。但是外出時包包裡一定會放著可以直接套上的長褲和披在外面的襯衫。」

——這是為什麼？

「有些地方會這樣要求。有一年夏天，出版社邀請我去銀座吉兆這間餐廳，在入口處對方說婉拒穿短褲的客人入場，但我是受邀去的，進不去可不太妙啊（笑）。我說了聲：『好，我知道了。』然後從包包拿出長褲，在吉兆的玄關換穿，大家看了都臉色鐵青。」

——這樣做雖然很有禮貌，不過方法還滿狂野的（笑）。

「我這是跟作家田中小實昌先生學的。他已經過世了，以前我曾經跟他一起參加電影的試映會，看過他在戲院入口從包包裡拿出襯衫和長褲來換。覺得這樣真不錯（笑）」

——摘自《POPEYE》二〇一八年八月號。

二〇二〇年三月東京——

——今天算是跟您聊聊事後心得，連載結束後，想再次請教一下您的感想。

「我想先提一件事。我文章裡不是提到在夏威夷用一美元、一美元九九分左右的價錢買了很多T恤嗎?結果那些店突然都漲價了，現在大約要三美元九九分。應該是這個連載害的。」

——那還真是抱歉(笑)。

「一．九九美元這個價錢，看到大部分的東西如果心動都可以毫不猶豫地買下，但是三．九九美元的話，有些東西就不值這個價錢了。希望漲價不要是因為有太多人從日本過來買。」

——日本人很容易對一件事情入迷呢。現在老樂團或電影的T恤很搶手，很多人會專門到處去找。

「前不久有一齣電影《從前，有個好萊塢》（Once Upon a Time in Hollywood）。裡面布萊德．彼特穿著『CHAMPION』

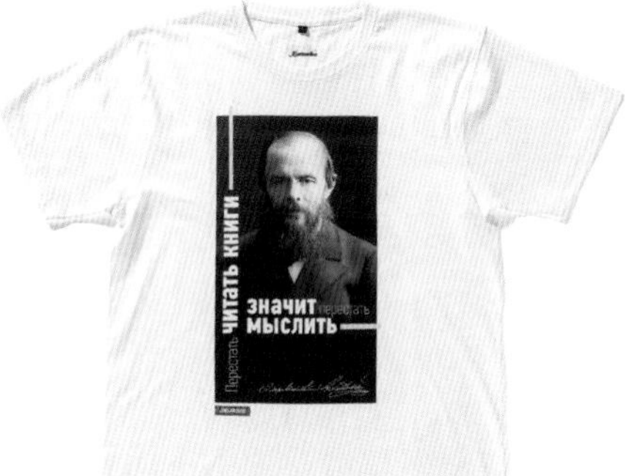

T
83 上　作家保羅．索魯（Paul Theroux）送的墨西哥製川普 T 恤。上面用西班牙文寫著「川普是蠢蛋」。
84 下　應該是杜斯妥也夫司基，也可能不是。

的T恤。我以前也有那件，感覺很懷念。我很想再買一件，但是現在已經變成古董，應該很貴吧。塔倫提諾會非常留心這種小地方。」

T

85 上　經常去的火奴魯魯一間餐廳，12th Ave Grill。

86 下　夏威夷老字號衝浪店，Local Motion。

——我想應該很貴。剛好提到電影，順便請教一下村上先生，穿T恤的時候心目中有沒有什麼嚮往、想參考的對象？

「誰呢……馬龍．白蘭度（Marlon Brando）就很帥呢，那種破舊的感覺。詹姆斯．狄恩（James Dean）的T恤也很不錯。我

T
87 上　健力士（Guinness）贊助的愛爾蘭．板棍球大賽。
88 下　英國衝浪品牌「SALTROCK」。

T

89　蜷川幸雄導演的舞台劇《海邊的卡夫卡》巴黎公演 T 恤。

記得是在《養子不教誰之過（Rebel Without a Cause）》裡吧？單穿白T恤的樣子非常帥氣。另外在《美國風情畫（American Graffiti）》裡有個十二歲左右的小女孩，她穿著印有圖案的寬大T恤，領口『鬆垮』的程度實在很難以形容。如果是GUNZE出的T恤就不會這樣了吧。」

——日本製的通常很厚實。

「總之以前說到能學習的對象、類似參考書的存在，大概也只有美國電影了吧。比方說講第二次大戰的電影裡，天氣一熱美國士兵身上都只穿一件T恤，看起來很帥啊。所以與其說追求好看的T恤，到頭來追求的其實是穿T恤時帥氣的樣子。」

——有沒有跟您喜歡的爵士樂相關的T恤？

「很少呢。爵士樂全盛時期的主流是黑人演奏時要盛裝打扮。像MJQ或者邁爾士·戴維斯（Miles Dewey Davis）他們都會穿上很好的西裝、繫著時髦的領帶，打扮得很正式來演奏。現在馬沙利斯（Wynton Marsalis）還繼承著這種風格。七〇年代之後開始出現非洲風格（Afro），T恤其實意外地跟爵士樂並不相襯。我記得查特·貝克（Chet Baker）有一張唱片只穿T恤，除此之外實在想不起來。T恤文化跟爵士樂好像沒有太深的連結。以前黑人受到歧視，為了不被歧視，大家都會穿上正式的西裝，藉此表現出『我是個成功富有的黑人』。」

——距離最初跟您聊起T恤這個話題已經有三年多了，在那之後您的收藏還陸續增加嗎？

「不，就像我一開始說的，我之前經常買T恤的夏威夷二手店『Goodwill』現在變貴了，之後我就不太常買。我買東西時經常會考慮到價錢，會想著這個價錢可以買、這個價錢就有點貴

T
90　上　在夏威夷買了 MINI。夏威夷開 MINI 剛剛好。
91　下　福斯汽車的麵包車。喜歡的車款之一。

T

92　右上　在夏威夷找到的烏克麗麗 T 恤。

93　左上　位於波蘭舊都克拉科夫的彈珠檯博物館。

94　右下　用動物來顯示儀表板的設計。最快的是獵豹。

95　左下　考艾咖啡。跟夏威夷相關的東西很多，也是收藏的一大特徵。

那些不知不覺收集到的 T 恤，以及還沒來得及介紹的 T 恤們。

T

96　右上　漢堡裡不能少了這個。

97　左上　華格納歌劇裡的台詞，參加拜魯特音樂節（Bayreuther Festspiele）時買的。

98　右下　跟衝浪＆滑冰相關的 T 恤很多都是在 Goodwill 買的。

99　左下　這也是華格納的歌劇台詞。只能在拜魯特音樂節買到。

等等。」

——記得您也說過，不太會買五十美金以上的唱片呢。您收集東西時有自己一套哲學嗎？

「嗯，沒錯，因為這是一種遊戲。既然是遊戲，就得要有規則對吧？假如任何東西都變成只要出錢就能買到，那就太無趣了。T恤的世界裡也是一樣，看過兩百件左右，當中或許可能有一件讓我覺得『就是這個』，要仔細這樣一一看過，其實相當花時間。但這畢竟是遊戲，所以我還是會很認真地看（笑）。」

——不愧是挖寶專家（笑）

「『Goodwill』真的很有意思，但是最近跟以前很不一樣了。

那些不知不覺收集到的 T 恤，以及還沒來得及介紹的 T 恤們。

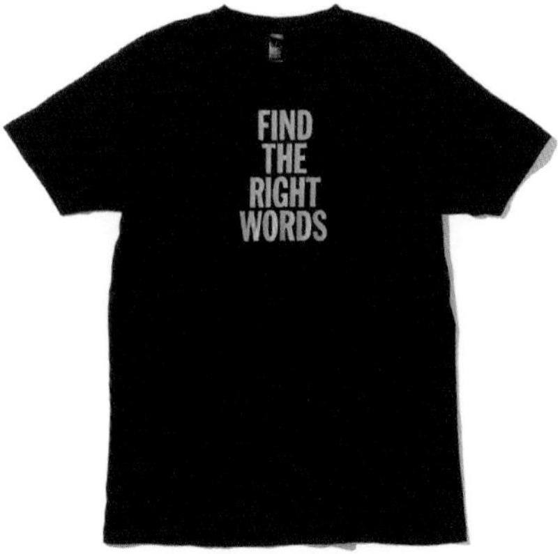

T

100 右上　位於底特律的摩城唱片（Motown Records）歷史博物館的紀念 T 恤。

101 左上　紐西蘭的書展時收到的。很喜歡上面的句子。

102 右下　米其林寶寶。經典角色。

103 左下　這件穿了一定會吸引很多目光，實在不敢穿。

救世軍也是。就連以前很有趣的二手店，現在也漸漸精打細算了起來。」

——您沒有固定去光顧的二手衣店，而選擇在「Goodwill」這類地

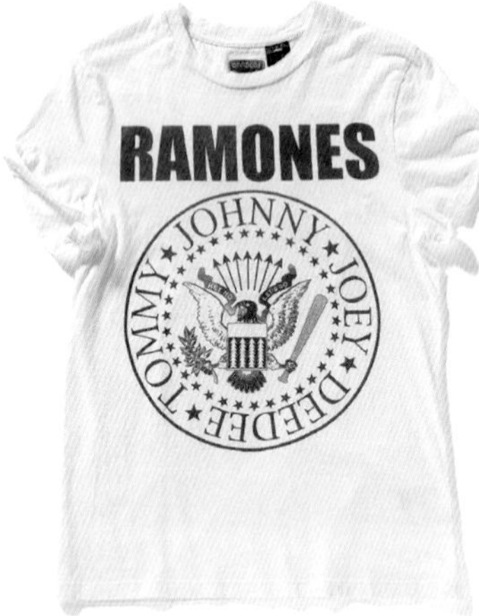

T

104 上　在 DJ 之間很受歡迎的紐約 A-ONE 唱片出的 T 恤。

105 下　在京都發現的雷蒙合唱團 T 恤。

方買，我覺得這一點滿有趣的。

「其實這樣比較能找到有趣的東西。在日本沒什麼好玩的款式，而且價錢又很貴。前不久我在京都的連鎖二手書店 Bookoff 發現了雷蒙合唱團（RAMONES）的 T 恤，覺得很不錯就買了。」

——村上先生也聽雷蒙合唱團嗎？

「聽啊。不過會覺得聽久了節奏都一樣，很快就膩了，那件 T 恤我也不太好意思穿出門。年過七十還是有些底線（笑）。」

——這次我們希望介紹一些本次連載中沒能介紹的T恤。首先讓我很驚訝的是，有很多村上先生作品的紀念T恤。

「這些實在不好意思穿（笑）。真的非常多，倉庫還有一大堆。

『海邊的卡夫卡』這件是不久前蜷川幸雄導演執導的舞台劇《海邊的卡夫卡》法國公演時製作的。這件的設計也很帥。」

——真想去您的倉庫翻翻看。村上先生所謂「不好意思穿」的T恤，有什麼特定的標準嗎？連載當中也出現過幾次「這件會穿」「這件不會穿」等等描述，您有什麼標準嗎？

「有。會穿上身跟不會穿上身的T恤，我分得很清楚。老實說，最根本的原因在於我不想引人注目。我希望盡量能屏聲息氣地活在這個世界上。我經常搭地下鐵、公車、走路、逛書店、唱片行，要是太被關注會很不方便。有些T恤從設計的觀點來說很不錯，但是太過吸引人的款式對我來說不太適合。

那些不知不覺收集到的 T 恤，以及還沒來得及介紹的 T 恤們。

T
106　2002 年紐約廣告節（New York Festivals）的紀念 T 恤。

所以我會穿的很有限。有的T恤雖然覺得設計很棒，但我個人無法穿上身。首先像是寫了特定訊息的T恤，我就不太穿。因為T恤上一旦寫了某些訊息，大家不是都會下意識想要細看嗎（笑）？我不太想要被盯著細看啊。」

——說到無法穿出門的T恤，您也提到了威士忌類。之前聽說您在家也喝威士忌，最喜歡的牌子是什麼？

「威士忌很不錯呢。其實我都喜歡，不過因為之前去過艾雷島，所以特別偏好拉弗格威士忌吧。怎麼喝都喝不膩。它有種特別的味道，如果遇到得指定牌子的時候，我多半會選拉弗格。我家附近最近開了一間很不錯的威士忌酒吧。最近我很喜歡在那裡喝 Highball。週末下午三點半開始營業，三點半到五點半打

那些不知不覺收集到的 T 恤，以及還沒來得及介紹的 T 恤們。

T

107 上　我在美國的出版社 Knopf 創立一百週年的紀念 T 恤。蘇俄牧羊犬是他們著名的標誌。

108 下　指揮家小澤征爾先生二〇一九年《卡門》公演時的 T 恤。

七折呢。」

——喝威士忌時喜歡聽爵士樂嗎？如果一個二十多歲的年輕人想要邊喝 Highball 邊聽爵士樂，您建議一開始可以聽什麼？

「我在家會聽爵士，在外面就很難說。個人覺得比莉·哈樂黛（Billie Holiday）很不錯，但我不確定年輕人會不會喜歡。說到喝威士忌，如果覺得那天特別疲倦，我就會走進連鎖餐廳 PRONTO，點大杯裝的金賓（Jim Beam）Highball，徹底放空沉浸疲累裡，還挺不錯的。」

——我好像可以理解村上先生不想穿醒目T恤的理由，但是萬萬沒想到村上先生會去PRONTO喝大杯金賓（笑）。

「說到會不會穿，搖滾演唱會的T恤我也不會穿。像是巴瑞．曼尼洛（Barry Manilow），現在穿可能挺酷的。還有木匠兄妹（The Carpenters）也不錯。以前穿會覺得有點土氣，但現在穿起來就覺得還不壞。」

——確實如此。搖滾 T 如果沉澱個幾年，感覺就可以放心穿了。

「需要沉澱，你說得很有道理呢。早知道應該把巴布．馬利（Bob Marley）日本巡迴演唱會的T恤也買下來的。在厚生年金會場那場演唱會。」

——就是大家說身體會不自由主動起來的那場演唱會吧！

「臉部特寫合唱團（Talking Heads）我也好想要。還有湯姆俱樂部（Tom Tom Club）。」

——您也聽新浪潮嗎？涉獵的範圍真的很廣呢。

「我聽音樂還滿貪心的。音樂這種東西如果一陣子不聽，就會跟不上潮流。如果三、四年沒聽新的東西，突然聽到現在最新的音樂會覺得連接不起來。感覺聽起來都大同小異。為了避免這種狀況，我聽音樂會養成盡量不要出現空窗期的習慣。」

——不管音樂或者時尚都是這樣呢。但您都是從哪裡獲得這些資訊的？

「我會去淘兒唱片行花半天時間一個一個按下試聽按鍵試聽（笑）。這種設計真不錯。聽完之後就會有三、四張想要的。

不過最近想要的數量漸漸減少了。可是仔細聽那三、四張就會知道，原來最近的音樂是這種新的感覺。大概可以掌握一些脈絡。」

——您說得沒錯。在這將近兩百件T恤裡，有沒有特別喜歡，或者說印象特別深刻的？

「應該是這個吧。買了這件寫著"TONY" TAKITANI的T恤（前言裡介紹過的那件T恤）後，寫了一篇叫〈東尼瀧谷〉的短篇小說。」

——這件不是出版的贈品吧！是先有這件T恤？

「買了這件T恤之後，我開始擅自想像東尼瀧谷會是個什麼樣的人，最後成了一篇小說。所以很值得紀念。這上面還寫著HOUSE D，我本來不太懂是什麼意思，之後問了才知道，原來這是選舉用的T恤。HOUSE指眾議院，D是民主黨的意思。原來東尼瀧谷這個人是夏威夷州眾議院議員的民主黨候選人。小說出版後被翻譯成英文，那位瀧谷先生還寫了信給我：『我就是東尼瀧谷。』當時他好像沒選上，但是現在是相當成功的律師，他還邀我下次一起打高爾夫。不過我不打高爾夫（笑）。」

——這故事太有趣了，一件T恤竟然誕生出一篇小說。

「在毛依島開車兜風時，發現了一間小二手店，當時在那裡買的。大概才一美元左右。這件T恤對我來說本來是個謎團，因為寫了小說而解開這個謎，還拍成了電影。」

——T恤實在太偉大了！最後我想請問，村上先生今後應該還是會一直穿T恤吧，年紀漸長之後穿T恤的方式有沒有什麼改變？我以前覺得出社會後就該從T恤畢業，總覺得大人不會穿T恤，但是直到現在還沒有穿過T恤以外的東西。

「我覺得跟年齡應該沒什麼關係吧。不管是以前或現在，我都老是穿一樣的東西。偶爾穿上有領襯衫，還會被事務所的助理問：「今天有什麼重要的事嗎？」（笑）今天也不知道為什麼，穿了比較正式的襯衫來。襯衫下穿的T恤，是不久前吉本芭娜娜小姐送我的（邊說邊翻開襯衫，露出裡面的T恤），這件也很不錯。是夏威夷蘭尼凱海灘（Lanikai Beach）的T恤。」

——這件T恤看起來也很有味道。還沒有拍到這件呢（笑）。

「我在夏威夷大學時，在學校裡有自己的辦公室。每週有一天辦公室開放時間，任何人都可以來。結果芭娜娜小姐突然在這天來訪，帶了這個給我說是伴手禮。這件穿起來很舒服，我很常穿。」

——真不錯，T恤的好處就是可以一直穿。

「有這麼多T恤，到了夏天完全不愁沒東西穿。就算每天換穿不一樣的，一整個夏天款式大概也都不會重複吧。當作家還真是輕鬆。」

本書係將《POPEYE》二〇一八年八月號
至二〇二〇年一月號連載之隨筆集結成冊，
加以潤飾修正，並附上最新專訪。

村上T：我愛的那些T恤

作者—村上春樹
譯者—詹慕如
編輯—黃煜智
校對—魏秋綢
設計—陳恩安

副總編輯—羅珊珊
總編輯—龔槵甄
董事長—趙政岷

出版者—時報文化出版企業股份有限公司
108019 台北市和平西路三段 240 號四樓
發行專線—02-2306-6842
讀者服務專線—0800-231-705、02-2304-7103
讀者服務傳真—02-2304-6858
郵撥—1934-4724 時報文化出版公司
信箱—10899 臺北華江橋郵局第 99 信箱

時報悅讀網—www.readingtimes.com.tw
電子郵件信箱—ctliving@readingtimes.com.tw
思潮線臉書—https://www.facebook.com/trendage
法律顧問—理律法律事務所 陳長文律師、李念祖律師
印刷—華展印刷有限公司
初版一刷—二〇二二年五月二十七日
定價—新台幣三八〇元

村上 T 我心愛的 T 恤們 / 村上春樹著；詹慕如譯 . -- 初版 . -- 臺北市：時報文化出版企業股份有限公司，2022.05 ｜ 200 面；13×16.5 公分｜
譯自：村上 T 僕の愛した T シャツたち｜ ISBN 978-626-335-297-1（精裝）｜ 861.67 ｜ 111005141

MURAKAMI T - BOKU NO AISHITA T-SHATSU TACHI
by Haruki Murakami

Originally published in Japan by Magazine House, Ltd.
Chinese (in complex character only) translation rights arranged with
Harukimurakami Archival Labyrinth, Japan
through THE SAKAI AGENCY and BARDON-CHINESE MEDIA AGENCY.

時報文化出版公司成立於一九七五年，並於一九九九年股票上櫃公開發行，於二〇〇八年脫離中時集團非屬旺中，以「尊重智慧與創意的文化事業」為信念。